Les Bonnes

Les Bonnes
(Fiche de lecture)

I. INTRODUCTION

Les Bonnes est une pièce composée d'un Acte unique et écrite en prose par Jean Genet (1910-1986). Elle est mise en scène pour la première fois par Louis Jouvet, au théâtre de l'Athénée à Paris en 1947. C'est la même année que l'ouvrage paraît en livre aux Éditions de l'Arbalète.

La pièce, malgré la croyance la plus répandue, est finalement peu liée au fait divers sanglant du crime des sœurs Papin, deux servantes ayant assassiné leurs maîtresses. Jean Genet nous livre en fait un huis clos extrêmement tendu et à la limite du sadisme, entre deux sœurs, les Bonnes, et leur maîtresse. Amour et haine se mêlent à des effets de miroir qui finissent par conduire les personnages au crime. Aliénées socialement, Solange et Claire jouent des rôles qui ne leur rendent jamais leurs identités.

On a beaucoup écrit sur cette pièce, qu'il s'agisse du dramaturge lui-même ou d'autres écrivains, psychanalystes ou dramaturges. On peut citer Lacan ou Jean-Paul Sartre, mais aussi un ouvrage de Genet lui-même intitulé « Comment jouer les *Bonnes* ».

II. RÉSUMÉ DE LA PIÈCE

Une bonne se retourne contre sa maîtresse, car Madame l'a insultée. Elle manque de l'étrangler, mais c'est à cet instant que le réveil sonne.

Nous suivons deux sœurs, Solange et Claire. Solange s'amuse à incarner Claire, tandis que sa sœur joue le rôle de Madame ; mais elles redeviennent ce qu'elles sont, c'est-à-dire les deux bonnes de Madame.

Les sœurs se disputent tandis qu'elles rangent la chambre de leur maîtresse. En effet, Claire a envoyé des lettres anonymes à la police pour que l'amant de leur maîtresse, Monsieur, soit emprisonné. Mais elle reproche aussi à sa sœur de ne pas avoir tué Madame par manque de courage.

À cet instant, Monsieur les appelle justement pour les informer qu'il a été libéré et qu'il attendra son amante en ville. Claire et Solange sont dévastées, car leur plan n'a pas fonctionné. Cela pousse Claire à formuler son vœu d'assassiner Madame. Lorsque cette dernière vient sonner, toutes deux se mettent d'accord sur le déroulement des évènements : Claire ajoutera dix pilules de gardénal dans le tilleul à destination de Madame.

Madame entre et se plaint de l'arrestation de Monsieur. Puis Claire paraît dans la pièce, le tilleul à la main ; toutefois, Madame ne fait pas mine de le boire. Les Bonnes annoncent à leur maîtresse la récente libération provisoire de Monsieur.

Madame quitte donc la maison pour le rejoindre, sans avoir touché à sa boisson au tilleul. Claire reprend alors le rôle de Madame et s'acharne contre sa sœur Solange, qui perd alors le contrôle et laisse éclater sa fureur. Sa sœur, dépassée, lui demande grâce, mais elle persiste dans le jeu et demande à sa sœur de lui remettre le tilleul, qu'elle boit d'un trait.

Solange devra donc passer le restant de ses jours en prison.

III. PRÉSENTATION DES PERSONNAGES

Dans la pièce, Solange et Claire n'existent pas en tant qu'individualités propres, mais en tant que statuts. Elles sont enfermées dans le rôle des bonnes, ne peuvent pas être d'autres personnes. En tant qu'êtres inférieurs du point de vue de l'échelle sociale, elles sont condamnées au silence ; cela explique leurs rôles réciproques et leurs échanges parfois violents. Il n'y a qu'entre elles que les deux sœurs peuvent parler. L'idée est que, si leur identité peut apparaître, elle ne peut qu'être partielle.

D'ailleurs, lorsque leur fonction s'efface pour quelques instants (lorsque Madame sort, par exemple), les bonnes sont perdues parce qu'une partie de leur identité (le statut qui les aliène) a été tellement intégrée qu'il leur est impossible de faire autre chose que jouer de nouveau des rôles. Elles se confondent aux yeux du public et ajoutent à cette confusion au travers de leur jeu puéril : « Je serai Madame et tu seras ma bonne ».

Solange et Claire sont donc les personnages de l'aliénation par excellence. Leur statut a dévoré leur identité personnelle. Elles existent désormais uniquement par leur fonction :

« Par moi, par moi seule, la bonne existe. Par mes cris et par mes gestes ».

Dans cette perspective, la volonté de meurtre qui anime l'ensemble de l'Acte et sert de moteurs aux jeunes femmes, cette volonté peut être interprétée comme le besoin de quitter le statut d'objet pour revenir à leur nature initiale d'êtres humains.

Il y a donc un jeu complet entre le néant et l'être, jeu qui menace de tourner au massacre. D'ailleurs, elles ne renaîtront au monde qu'une fois leur patronyme prononcé, c'est-à-dire suite au meurtre. « Madame et Monsieur m'appelleront Mademoiselle Lemercier » représente bien cette attente, cet espoir de redevenir soi-même grâce au crime. Toutefois, le retour à la nature d'être humain finit par se faire dans la fusion des deux sœurs, qui ne deviennent qu'une (on peut se demander si ce n'est pas, finalement, une nouvelle aliénation...) : « Maintenant, nous sommes Mademoiselle Lemercier ».

C'est bien souvent un phénomène récurrent chez Genet, qui fait de ses personnages femmes les instigatrices de leurs propres révolutions.

Il est souvent difficile de différencier les deux sœurs, car les identités s'échangent, se fusionnent, ont des frontières mouvantes tout au long de l'Acte.

Solange avoue d'ailleurs : « Je n'en peux plus de notre ressemblance ». Et Claire d'ajouter un peu plus loin : « C'est trop s'aimer. Mais j'en ai assez de ce miroir effrayant qui me renvoie mon image comme une mauvaise odeur. Tu es ma mauvaise odeur ».

À certains moments, la relation entre Claire et Solange peut paraître à la limite de l'inceste. Leurs liens même dans l'intimité sont étroitement liés à la sexualité, la violence et une pureté innocente qui n'est qu'une apparence :

« Elles pourraient enseigner dans une institution chrétienne. Leur œil est très pur, très pur, puisque tous les soirs, elles se masturbent et déchargent en vrac, l'une dans l'autre, leur haine de Madame ».

Quoi qu'il en soit, les bonnes sont sœurs, et les liens du sang cimentent leur amour mutuel. Le sacrifice de l'une pour que l'autre devienne une criminelle est, dans le monde de Genet, un acte ultime d'amour, car il l'associe à la sainteté. Une fois de plus, les identités personnelles sont troubles : les bonnes sont des bonnes (statut), mais les bonnes sont mauvaises (le meurtre), sauf si ce meurtre est considéré avec les yeux du dramaturge, c'est-à-dire que l'action de tuer serait ici...bonne.

Madame

Malgré sa position de domination des Bonnes, une certaine ambiguïté persiste dans ce personnage. En effet, elle porte des perruques, ce qui pourrait être interprété comme une élévation illusoire de son véritable rang social.

IV. AXES D'ANALYSE

L'identité ratée

Nous l'avons vu, les deux sœurs jouent à incarner des rôles dans de mini-pièces intimes très cruelles. En réalité, ce jeu n'en est plus un. Il est le symbole de leur incapacité à retrouver une identité, qu'il s'agisse de la leur propre ou de celle de « Madame ».

Toutes les deux essaient de devenir pour quelques instants « Madame », cette maîtresse qu'elles abhorrent mais qui les fascine. Mais elles cessent d'imiter pour finalement devenir Madame, à tour de rôle, au point même d'être fondamentalement interchangeables.

Elles sont des substituts loin d'être parfaits, mais une chose reste sûre : tant que l'une est Madame, l'autre reste la bonne. Quoi qu'il se passe dans leur petit jeu de théâtre, Solange et Claire restent dépossédées de leurs personnalités, et à travers elles de leurs existences dans leur ensemble.

Ces mises en scène organisées entre elles ne mènent nulle part. Souvent d'ailleurs, leurs propres conflits s'en mêlent, ou tout au moins les fausses identités se confondent et nécessitent quelques rappels à l'ordre :

« Peur, Solange. Quand nous accomplissons la cérémonie, je protège mon cou. C'est moi que tu vises à travers Madame, c'est moi qui suis en danger ».

Les deux femmes échouent donc à être elles-mêmes, au même titre qu'elles échouent à être autres.

La perversion sociale

Le crachat est un élément très présent dans la pièce. C'est un moyen d'expression pour les jeunes bonnes ; elles y rejettent leur haine de la maîtresse et d'elles-mêmes. Si l'on y ajoute les côtés ambigus de leur relation et les préparations d'un crime, on pourrait rapidement les placer du côté des personnes mauvaises, voire diaboliques.

Or il faut considérer les choses autrement : parce qu'elles sont enfermées dans leur position et n'ont accès à aucun luxe, même pas de caractère (puisqu'elles n'ont plus de personnalité propre), se montrer mauvaises reste leur dernière liberté. Le crachat prend alors une autre tournure symbolique : on peut expliquer le crachat comme la dernière expression d'amour et de liberté individuelle.

Le thème du double

Lacan a comparé ce cas à l'histoire vraie des sœurs Papin, qui ont assassiné leurs maîtres (un fait divers sordide, mais bien réel). Du point de vue psychologique, plusieurs de ses observations peuvent être appliquées ici, dont celle-ci :

« Le « mal d'être deux » dont souffrent ces malades ne les libère qu'à peine du mal de Narcisse. Passion mortelle et qui finit par se donner la mort. Aimée frappe l'être brillant qu'elle hait justement parce qu'elle représente l'idéal qu'elle a de soi ».

Il est vrai, en effet, que les sœurs ont un rapport particulier entre elles, car chacune est un miroir pour l'autre, miroir aimé et haï à la fois.

L'idée de double est aussi applicable à Madame. Car malgré leur haine déclarée, la maîtresse des jeunes femmes déclenche en elles une fascination sans limites. Elles rêvent en fait d'être à sa place, pour pouvoir quitter cette position d'être inférieur.

Jean-Paul Sartre a même été plus loin dans cette vision. Celui-ci pense que Claire devient volontairement Madame afin d'être aimée et désirée par Monsieur. Ce serait aussi une vengeance puisque les bonnes aiment le même homme (Mario) tout en soupçonnant leur maîtresse d'avoir des vues sur lui, malgré la présence de Monsieur dans sa vie.

Nous avons donc une sorte de triangle féminin régi par des règles absurdes et intenses de haine et d'amour, de supériorité et de soumission révoltée. Tout cela étant, comme nous l'avons vu, compliqué par le jeu du théâtre interne à la pièce.

Une violence encadrée

La violence et le tempérament sadique qui dominent les rapports de force et de jeu dans la pièce ne sont pas des phénomènes libres et impulsifs.

Genet en fait les instruments de psychologie de ses personnages et des impératifs de mise en scène

Tout se passe en huit clos, déjà, comme si ces rapports de force ne pouvaient exister dans un autre contexte que celui-là, bien précis. Et bien que cela soit chez Madame, l'apparition de la maîtresse paraît à chaque fois troubler un monde qui appartient en fait aux bonnes.

Nous l'avons vu, les bonnes détestent et admirent celle qu'elles servent. Cette dialectique conduit le développement des rapports intersubjectifs entre les sœurs. Elles sont certes liguées ensemble contre la maîtresse de maison, mais l'une et l'autre n'arrivent pas non plus à se pardonner mutuellement leur situation infernale. Si parfois quelques moments de tendresse familiale surviennent (comme au réveil), ils sont vite remplacés par les jeux sadiques des femmes, véritable miroir de la haine/amour portée à Madame.

On peut donc en conclure que les protagonistes sont enfermés dans un mécanisme de violence qui les dépasse, atteignant presque une dimension tragique, mais très triviale.

Cela se ressent dans la mise en scène d'une telle pièce, sur laquelle Jean Genet est d'ailleurs revenu dans un ouvrage, « Comment jouer *les Bonnes* ». Sa consigne est la suivante : « les metteurs en scène doivent s'appliquer à mettre au point une déambulation qui sera pas laissée au hasard : les bonnes et Madame se rendent d'un point à un autre de la scène, en dessinant une géométrie qui ait un sens ».

En définitive, la violence des *Bonnes* pourrait bien rendre compte de la théâtralité elle-même, annonçant du même coup les œuvres à venir du dramaturge, des *Nègres* au *Balcon*.

Car la pièce, de fait, exprime l'idée d'un rituel réitéré à l'infini, jusqu'à ce que le meurtre vienne briser ce cycle infernal ; mais ce rituel est impuissant dans sa tentative de mettre fin à la réalité de la situation, et finit par se refermer sur lui-même.

Petit à petit, l'extérieur (Madame) envahit le théâtre intérieur (les Bonnes), jusqu'à ce que ces dernières soient poussées au crime, dernière solution pour redevenir humaines.

La pièce s'achève comme elle a commencé : sur une véritable cérémonie théâtrale, au cours de laquelle l'une des bonnes devient bourreau, l'autre victime, libérant ainsi dans la douleur des personnages aliénés socialement et psychologiquement.

Le thème du vol

C'est un thème mineur, mais récurrent dans l'œuvre : les bonnes volent de petits objets à Madame, sur une base régulière.

Toutefois, ce vol prend de l'ampleur lorsqu'il devient vol de l'identité de la maîtresse : langage, attitude, signes extérieurs physiques, tout devient bon à dérober pour atteindre un statut qui n'est pas le leur.

Le vol n'est donc plus un phénomène condamnable, mais un chemin de liberté, ce qui est une fois de plus révélateur de l'originalité de Genet.

Dans la même collection en numérique

Les Misérables
Le messager d'Athènes
Candide
L'Etranger
Rhinocéros
Antigone
Le père Goriot
La Peste
Balzac et la petite tailleuse chinoise
Le Roi Arthur
L'Avare
Pierre et Jean
L'Homme qui a séduit le soleil
Alcools
L'Affaire Caïus
La gloire de mon père
L'Ordinatueur
Le médecin malgré lui
La rivière à l'envers - Tomek
Le Journal d'Anne Frank
Le monde perdu
Le royaume de Kensuké
Un Sac De Billes
Baby-sitter blues
Le fantôme de maître Guillemin
Trois contes
Kamo, l'agence Babel
Le Garçon en pyjama rayé
Les Contemplations

Escadrille 80

Inconnu à cette adresse

La controverse de Valladolid

Les Vilains petits canards

Une partie de campagne

Cahier d'un retour au pays natal

Dora Bruder

L'Enfant et la rivière

Moderato Cantabile

Alice au pays des merveilles

Le faucon déniché

Une vie

Chronique des Indiens Guayaki

Je voudrais que quelqu'un m'attende quelque part

La nuit de Valognes

Œdipe

Disparition Programmée

Education européenne

L'auberge rouge

L'Illiade

Le voyage de Monsieur Perrichon

Lucrèce Borgia

Paul et Virginie

Ursule Mirouët

Discours sur les fondements de l'inégalité

L'adversaire

La petite Fadette

La prochaine fois

Le blé en herbe

Le Mystère de la Chambre Jaune

Les Hauts des Hurlevent

Les perses

Mondo et autres histoires

Vingt mille lieues sous les mers

99 francs

Arria Marcella

Chante Luna

Emile, ou de l'éducation

Histoires extraordinaires

L'homme invisible

La bibliothécaire

La cicatrice

La croix des pauvres

La fille du capitaine

Le Crime de l'Orient-Express

Le Faucon malté

Le hussard sur le toit

Le Livre dont vous êtes la victime

Les cinq écus de Bretagne

No pasarán, le jeu

Quand j'avais cinq ans je m'ai tué

Si tu veux être mon amie

Tristan et Iseult

Une bouteille dans la mer de Gaza

Cent ans de solitude

Contes à l'envers

Contes et nouvelles en vers

Dalva

Jean de Florette

L'homme qui voulait être heureux

L'île mystérieuse

La Dame aux camélias

La petite sirène

La planète des singes

La Religieuse

1984 A l'Ouest rien de nouveau

Aliocha

Andromaque

Au bonheur des dames

Bel ami

Bérénice

Caligula

Cannibale

Carmen

Chronique d'une mort annoncée

Contes des frères Grimm

Cyrano de Bergerac

Des souris et des hommes

Deux ans de vacances

Dom Juan

Electre

En attendant Godot

Enfance

Eugénie Grandet

Fahrenheit 451

Fin de partie

Frankenstein

Gargantua

Germinal

Hamlet

Horace

Huis Clos

Jacques le fataliste

Jane Eyre

Knock

L'homme qui rit

La Bête humaine

La Cantatrice Chauve

La chartreuse de Parme

La cousine Bette

La Curée

La Farce de Maitre Pathelin

La ferme des animaux

La guerre de Troie n'aura pas lieu

La leçon

La Machine Infernale

La métamorphose

La mort du roi Tsongor

La nuit des temps

La nuit du renard

La Parure

La peau de chagrin

La Petite Fille de Monsieur Linh

La Photo qui tue

La Plage d'Ostende

La princesse de Clèves

La promesse de l'aube

La Vénus d'Ille

La vie devant soi

L'alchimiste

L'Amant

L'Ami retrouvé

L'appel de la forêt

L'assassin habite au 21

L'assommoir

L'attentat

L'attrape-coeurs

Le Bal

Le Barbier de Séville

Le Bourgeois Gentilhomme

Le Capitaine Fracasse

Le chat noir

Le chien des Baskerville

Le Cid

Le Colonel Chabert

Le Comte de Monte-Cristo

Le dernier jour d'un condamné

Le diable au corps

Le Grand Meaulnes

Le Grand Troupeau

Le Horla

Le jeu de l'amour et du hasard

Le Joueur d'échecs

Le Lion

Le liseur

Le malade imaginaire

Le Mariage de Figaro

Le meilleur des mondes

Le Monde comme il va

Le Parfum

Le Passeur

Le Petit Prince

Le pianiste

Le Prince

Le Roman de la momie

Le Roman de Renart

Le Rouge et le Noir

Le Soleil des Scortas

Le Tartuffe

Le vieux qui lisait des romans d'amour

L'Ecole des Femmes

L'Ecume Des Jours

Les Bonnes

Les Caprices de Marianne

Les cerfs-volants de Kaboul

Les contes de la Bécasse

Les dix petits nègres

Les femmes savantes

Les fourberies de Scapin

Les Justes

Les Lettres Persanes

Les liaisons dangereuses

Les Métamorphoses

Les Mouches

Les Trois mousquetaires

L'étrange cas du Dr Jekyll et de Mr Hyde

L'Ile Au Trésor

L'île des esclaves

L'illusion comique

L'Ingénu

L'Odyssée

L'Ombre du vent

Lorenzaccio

Madame Bovary

Manon Lescaut

À propos de la collection

La série FichesdeLecture.com offre des contenus éducatifs aux étudiants et aux professeurs tels que : des résumés, des analyses littéraires, des questionnaires et des commentaires sur la littérature moderne et classique. Nos documents sont prévus comme des compléments à la lecture des oeuvres originales et aide les étudiants à comprendre la littérature.

Fondé en 2001, notre site FichesdeLectures.com s'est développé très rapidement et propose désormais plus de 2500 documents directement téléchargeables en ligne, devenant ainsi le premier site d'analyses littéraires en ligne de langue française.

FichesdeLecture est partenaire du Ministère de l'Education du Luxembourg depuis 2009.

Plus d'informations sur www.fichesdelecture.com

ISBN: 978-2-511-02789-9

Notes :